# ここから はじまる

―詩集―

佐々木たけし
SASAKI Takeshi

文芸社

ここから　はじまる　◎　目次

## ― 出発 ―

### ここから　はじまる

これまでの自分は
ほんとうの自分ではない
心を入れ替えての出発
ここから
本当の自分の生き方が
はじまる

ダンテが『新生』の終わりで

## — 出発 —

宣言したように
ここから
自分のほんとうの生き方が
はじまると
何度　心に誓い
何度　歩みだしただろうか
言葉には出さなくても
心の中で決意を固めただろうか

それはいずれ

懐疑の対象となり
批判にさらされ
非難を受け
否定される
そんな決心でしかなかった

そして決心と
その否定を繰り返してきた
何度も何度も
ここから　はじまる　と
思い
実はその間に
自分が歩いてきた
ほんとうの道のりを忘れている
ほんとうの自分と言いながら
自分のほんとうの足取りを見失っている
白紙の状態から出発するといいながら
実は　いろいろな経験を背負っていることを
見逃している

決心をすることは簡単だが

忘れることは実は難しい
歩んできた道を
改めて　見直しながら
別の意味での新しい歩みをはじめようとする

ここから　はじまる

— 出発 —

# 光は駆け抜け

光は駆け抜け
負けじと風がそれを必死に追いかけている
私の言葉は　さらに遅れて後をつけようとする
走りながら　おぼつかない手つきで
光と風の声を書き留めようとしている

もっと輝かしく
もっと足早な動きを書き留めたいのだが
言葉はそれらを書き留めようとするそばから
散らばって行ってしまう

杜甫は楊貴妃の明眸皓歯を
かろうじて捕まえ

ダンテはベアトリーチェの会釈と微笑を
使える言葉を総動員して再現した

とらえることのできた　美と意味とは
ごくごくわずかなものでしかなかったが
それでも長く残って
人々の心を満たすことができた

## —自画像—

### 塔に住んで

塔に住んで
コペルニクスのように星を眺め
モンテーニュのように本を読み
イェイツのように詩を書きたい

現実はというと
アパートの二階に住んで
都会の空に頼りなく光る　星の光を追いかけ

― 自画像 ―

整理の悪い本棚からあれやこれやの本を探し出しては読み散らかし
詩想がわくこともない毎日を過ごしている

それでも少しずつでも前進していきたい
コペルニクスが生涯見ることのなかった
水星をこの目で見て
モンテーニュよりも広い世界を旅行し
イェイツと同じように民俗の物語を掘り起こし
ノートの中身を豊かにしながら
詩を書いていこう
宇宙と　人間の声を聴き
書き留めていこう

# 哲学をうたう

哲学とは
私　と　宇宙との
にらめっこ
関係がないとは言わせない

君　と　宇宙との
にらめっこでもあるのだから

宇宙が鏡になって
私に　君に
汝自らを知れと
問いかける

— 自画像 —

哲学は
勝負のつかない
にらめっこ
にらみ合いながら
私は　君は
何者なのかと
考え続ける

何かであるかもしれないし
何者でもないかもしれない
ルールのない格闘を続けながら
宇宙を笑わせようとする

# 暦の余白に

平安時代の貴族が
その日その日の
宿曜と行事を記した暦の
余白に
どんな装束で
どんな風に振舞うかを
書きつけておいたのが
日記の初めだというが
人間の振舞いは
年月の変化に応じて
変わってもいいはずだ

暦という言葉が
使われなくなって

― 自画像 ―

カレンダーという言葉のほうが
多く使われるようになり
日記は暦から独立してしまった

それでも
風景や
ポートレートや
ペットが描かれている
カレンダーのどこかに
予定を書くための
余白があると
安心しませんか

そして余白のどこかに
詩を書きつけてみようと
思いませんか

# 荷物

背嚢というと軍隊と戦争を
リュックサックというと山登りを
バックパックというと格安旅行を
思い出す

とにかく背中に
荷物を背負って
通学していたこともあったし
通勤していたこともあった
今やあてもなく　市中をうろうろしている

荷物の中身は筆記用具と予定表
書きかけの日記

読み止しの本
薬手帳と薬……
まだ片付いていないから
荷物にして背負い込んでいる

いつまでも背負っているわけにはいかないが
当分縁が切れそうもない
ちょっと厄介な道連れ

# 坂道と向かい風の町

向かい風を受けながら
坂道を上ってゆく
まだまだ足取りは
しっかりしているつもりだが
風が後押ししてくれれば
少しは助かるのだがとも思う

住宅地の再開発
さらに再々開発の繰り返しで
樹木の数はずいぶん減ってしまったけれど
それでも緑の中をくぐってきた風には
わずかながらの
優しさが漂っている

山の風
海の風
湖の風
都会の風
いろいろな風に吹かれながら
齢を重ねてきたが
どうも向かい風が多かったのは
なぜなのであろうか

前に進むためには
追い風のほうがいい
ところがなかなか風に恵まれずに齢を重ねた
それでも吹き寄せてくる風に
心を若返らせながら
一歩　また一歩　前へと進もうとする

# 年賀状

新しい年の
年賀状が届く
退職してだいぶたつのに
それでもかなりの数の賀状が届く
元気で過ごしました――元気ですか？
相変わらずの暮らしです　暮らしに変化がありました　変化を求めています……
たいていは　年賀状だけで済ませる近況報告が続く

小学校以来の友人の年賀状がある
（本当だと幼稚園以来の友人がいるのだが
昨年末に喪中欠礼のはがきをもらった……）
中学校時代の友人からも
高校時代の友人からも

大学時代の友人からも
年賀状が届く
不思議なことに
今の顔よりも
親しく行き来していたころの顔のほうが目に浮かぶ

大学で教えていたころの
学生たちからの年賀状がある
かろうじて年賀状だけで
師弟の縁が続いている
思い出すのは
学生だったころの顔だ
彼らも校長になったり　教頭になったりして
自分たちの教え子がいるようだが
どんな年賀状をもらって
どんな顔をして読んでいるのだろうか

少しずつ数は減っているが
まだまだご存命の先生方からのお便りがある
先輩からの年賀状もある
親友も腐れ縁の仲間も
まだまだ年賀状をよこす
誰についていても彼についていても
昔の顔を思い出す
仲良くやっていたころもあったし
反目したり悪口を言い合ったりしたこともあるが
どちらの顔も思い出す
それでも断ち切られていない
縁の強さと太さとをかみしめる

# 言葉もいろいろ　私もいろいろ

ドラえもんとのび太とスネ夫は「ぼく」と言い
ジャイアンは「おれ」と言い
しずかちゃんは「わたし」と言う

自分を「吾輩」と呼んだむかしの猫がいたし
もっと昔の侍たちは「拙者」などと呼んでいた（らしい）

いろいろな人間が
いろいろな声で
自分のことを
いろいろに
呼んできた

英語では自分のことは
〝I〟と言い
男性も女性も
大人も子どもも
金持ちに貧乏人も
〝I〟と自分を呼ぶことに変わりはないが
やっぱりいろいろな人間が
いろいろな自分自身を生きている

歴史の中を
いろいろな人間が生きてきた
言葉もいろいろ　私もいろいろ
記録にその名を残した人もいるし
そのまま忘れられた人もいる
伝記が絵本になって読まれている人もいるし
いまだに悪口を言われ続けている人もいる

骨を発掘された人もいるし
ミイラを大事に保存されている人もいる……
（おやおや　話がグロテスクになってきた）

いろいろな人がいるが
それぞれが誰かにとっての「あなた」であったり
「おまえ」であったり
さらに誰かさんにとっての
「彼」であったり「彼女」であったり
「あいつ」であったりするが
ひっくるめて言えば人間であることに変わりはない
違いはあるが　それでも同じ
人間

# いまの私

むかし
アメリカ映画の中で
冷蔵庫を開けると
缶ビールだけがびっしりと詰まっているという場面を
一度ならず見かけた

その映画の主演俳優は
多分三十代後半で
私はというと
間もなく三十歳という年頃で
なんとなく　近い将来の自分が
そんな暮らしをするようになるのではないかと思っていた

いまの私は
あの俳優の二倍ほどの年齢になって
一人暮らしを続け
冷蔵庫の中身は
水とお茶のほかは
薬ばかり

冷蔵庫の重さで
床が抜けるほどのビールを買い込んで
暮らしたかったのだが
それは夢のまた夢
年金の残りをしっかりためて
たまにはドライ・シェリーでも冷やして
飲むことにしよう……

# 薬 薬 薬

毎日を忙しく過ごしている人は
病気になると強い薬を飲んだり
高い注射を打ったりして
できるだけ早く忙しい生活に戻ろうと努力するらしい

若いころから怠け者で
病気になったらこれ幸いと
薬など飲まずに家で寝ていた

それでも年を取ってくると
一つ二つと成人病に取りつかれ
朝は袋の中の薬を出して
薬手帳とともにカバンに入れる

薬を飲む姿を見ている人は
酒同様に薬を愛飲していると
誤解するかもしれないが
好きなわけがないじゃないか
戻れない昔を思い出しながら
一種類　二種類　三種類と薬をケースから取り出して
水で飲み下す

# ― 履歴書 ―

## 追憶

夢の中の図書館
今夜のうちに
読んでしまおうと
ベッドの中で読んでいたはずの本を
いつの間にか取り落として
眠り込んでいた

夢の中で

学生時代に戻って
大学の図書館の書庫に入り込み
書物の背文字を追いかけていた

大学に入学したての頃は
どんな本でも読めるような
気持ちになっていた
読める本は限られていることを
知ってしまった老人のぼくが
昔のぼくに忠告しようとする

すると
賢くはなったかもしれないが
野心も感性もすり減らしてしまった
年よりの言葉など聴く必要はないと
昔のぼくが言い返した

目が覚めて
ベッドから落ちていた
本を拾い上げる
昨夜のうちに読み終えるつもりだった
本を読み終えるのが
また一晩遅くなった

# グラフトン・ストリート

今日、グラフトン・ストリートでばったり彼女と出会う。人ごみのせいで出会ってしまったのだ。二人とも立ち止る。彼女は、なぜ来てくれないのかと訊ね、ぼくについていろんな噂を聞いたと言う。詩を書いているかと訊かれる。誰についての？とぼくは言った。これで彼女はますますあわて、ぼくは気の毒なことをしたと思った。

（ジョイス、丸谷才一訳『若い芸術家の肖像』）

京都の河原町通は
ダブリンのグラフトン・ストリートに比べて
ずっと広くて長いのだけれど
ジョイスの小説を読んでいると
河原町通を上っていた時に
恋愛以前の「彼女」に出会ったことを
思い出す

彼女の白い顔と
長い髪と
いたずらっぽい目と
少し素直すぎる詩を
思い出す

彼女が通っていた看護学校の
学園祭に来いと言われ
女性が大勢いるという言葉尻をとらえて
人類の半数は女性だとやり返したら
その中で私という女性は一人しかいないと
切り返された

完敗であった
負けを認めるのが嫌で
恋愛以前を

恋愛に切り替える
チャンスを取り逃がしてしまったのかもしれない

それから　お互いに年を取ったはずで
思い出も同じように年を取ってしまった
彼女が今も詩を書き続けているかどうかは知らない
書き続けていてもそれが私のところに
届かなければ意味はないのだと　勝手に思い込む
もっとも逆も　また真ではある
こちらの書いている詩が
彼女の心に届かなければ
それはそれで
二度目の敗戦ということになる……

# 話したくないこと

話したくない

初恋は
いつのことでしたか？と
質問されたことがある

話したくない

話せばその分
思い出が
飛び散ってしまうような気がする
そうでなくても
大事にしまっておいた思い出が

どこか薄められるように思われる
そしてますます
薄くなって　最後には
消えてゆく

そんなことにならないよう
少しでも思い出の切れ端を
拾い集め寄せ集めて
心の中に
しまっておきたい

それが
初恋

# カツカレー

いつ頃からだろうか
カツカレーを食べなくなった
食べたという記憶がない
思い出せない

少し遅い時間を選んで
大学の食堂に入り
匂いに誘われて
カツカレーの食券を買って食べていたのは
ずいぶん昔のことだ

こちらが一生懸命に
語りかけているはずの

学生たちが少し減って
空席の増えた食堂の
端のほうに席を見つけ
授業について考えたり
他のことを考えたりしながら
カツカレーを口に運ぶ
そして水を飲む

# 確かに　頭は禿げているが
## 亡き伯母をしのんで

百歳を超えた伯母は
私の父の姉で
ジロウは頭が禿げた　禿げたという
頭が禿げたのは本当のことだけれど
私はジロウではない
ジロウは私の父親で
頭が禿げる前に
死んでしまった

伯母は　頭が禿げる前に死んだ
私の父を見送り
その息子の私が　禿げていくのを

目にしつづけている

父と私の区別がつかないのは
困ったことだけれども
伯母の長寿はめでたいことだ
そして　私の頭が禿げ始めたことも
めでたいことと考えることにしよう

# 道　半ば

四捨五入すれば
七十歳になるところまで
年を取ったが
自分の本質が
何か変わったか
——変わったようには思えない

それでも本を読むスピードは落ち
道で人に追い越されることが増え
酒の量は減り
何よりも詩を書くことが
難しくなった
人生は幻化に似たり——と

陶淵明は老境の気持ちを
詠ったが
その年齢を超えて

これから何が起きるかわからない
境地をさ迷い歩く
迷い歩く人生を案じながら
陶淵明をまねて
酒を飲む
舐めるように酒を飲み
詩想の湧くのを待つ

# 後ろ姿

だらだらと続く
坂道がひとまず落ち着いたところにある
バス停に降りて
ずっと歩いてきたらしい
君の後ろ姿を見かけた

買い物袋を手に提げ
しっかりとした足取りで
背の高い君が
これからまだ上ってゆく坂道を
ゆっくりと遠ざかってゆく
まだまだ仕事を抱えているし
家事も時には分担しているらしい君だが

後ろ姿にはやはり
追いついてきている

自分の後ろ姿は自分には見えない
そんな思いに駆られて
自分を見つめなおす
あるいは既に
老いに追い抜かれてしまっているかもしれない
自分自身について考える

# 浮世に未練は尽きない

日本一長寿の男性が
亡くなったという
百十一歳だったという
私は今　七十七歳だから
あと三十四年しないと追いつけないなと
それまで生きているはずもないのに
勝手に指を折って数える

そういえば今日はちょっとした書類を書いたのであった
書類には生年月日を記入することが求められていた
年号の欄を見ると昭和・平成・令和と書かれていた
少し前までは明治・大正・昭和で
昭和が一番新しかったのであるが

今では一番古い年号の生まれということにされてしまったらしい
新しき明日の来るを信ずという
自分の言葉に嘘はなけれど　と
啄木は詠ったが
その啄木の三倍ほども
齢を重ねて
まだ新しい明日を夢見続けている
なんと申しましょうか
浮世の未練は断ちがたい　ということでありましょうか

# 焼きうどん

とりあえずビールというところから始めて
飲み歩き
締めに焼きうどんを食べる
おにぎりでもなく
お茶漬けでもなく
焼きうどんにこだわるようになったのは
いつ頃からだろうか

焼きうどんの思い出は
学生運動の思い出だ
五〇年以上も前に
あちこちの大学の学生たちが
日韓条約の締結に反対し

行動していたとき
その一人として
立て看板を作ったり
ビラをまいたり
デモ行進をしたり
会議や打ち合わせに出たり
授業そっちのけで走り回っていた
そして毎晩遅くなってから
年寄りの夫婦がやっている
小さな店に寄っては
焼きうどんを食べていた
そんなことの繰り返しで
一年長く大学にいることになった

焼きうどんの思い出は
落第の思い出でもある

あのときの焼きうどんと
飲み歩いた後に食べる焼きうどんとは
同じものだろうか
振りかけられている海苔は多くなっているが
味そのものの記憶はどうもはっきりしない
五〇年というのは長い年月だ
それでも
時の流れの向こうの
焼きうどんの味を
思い出そうとする

どんな風に世の中が
変わってきたか
焼きうどんの味を思い出しながら
考え直そうとする

# 向こうのほうに

幼稚園の近くを
電車が通っていた
その電車に乗って
上の学校に通いたいと思っていた

小学校の校庭から
海の向こうの半島が見えた
その半島の向こうに
何があるかを知りたいと思い始めた

それから電車で学校に通うようになって
幼いころの謎のさらに向こう側まで
たどり着くことができ

そのたどり着いた場所が
どんどん変貌していることも
知るようになった
海が埋め立てられて
町が広がり
その代わりに
いつまでたっても
海岸に出られなくなってきた
様子を眺めていた

その一方で遠くの世界も近くの世界も
やはり変わりつづけていた
海が遠ざかるにつれて
平たかった町が背丈を伸ばしてゆくさまも見た
遠い向こうだと思い込んでいた世界が

どんどん身近な世界になってきた
そんな変化の中で
知っている世界も増えたが
知らない世界　手の届かない世界も
どんどん増えてきた

変わりながら広がっていく
外の世界に対するあこがれに
引きずられながら
謎解きを続けている
楽しくもあり
幻滅も伴う
謎解きの旅を歩み続けている

# 未来

今の年齢の
半分どころか
三分の一か四分の一くらいの
年齢だった昔

理想に燃えていた私は
自分勝手に未来を夢想し
その中での自分の役割まで
勝手に決めていた

そんな若いころの
熱が冷めて
人並みに職場に通うようになり

自転車に乗ったり
バスに乗ったり
自家用車を運転したりしながら
この通勤経路は
自分の人生と
どうつながるかなどと考えたりした

決められた軌道を歩んで
目的地を目指す
計画を立て
法律と規則を守って
着実に歩んでいこうとしていた
夢を見たり
夢の実現に努めたり
夢を裏切られたと思ったり
やっと実現したと思ったり

様々な経験を通り抜け
のろのろと歩んできた

夢の大部分は実現しないまま
歴史の屑と消え
（あるいは歴史未満の塵と消え）
実現したものの大半も
過去の出来事となった
確かな現実となっているものも
ないではないが
失望のほうが多いのが
正直なところだ

そして少なくない過去を引きずって
職場から離れ
都会の片隅で

年金暮らしを続けている
だが　少なくなってきたとはいえ
やはり未来への夢はある
様々な転変を経て
それでも残った
夢がある
自分でもつかみどころがないと思っているが
同じようにつかみどころのない未来に挑戦するという
夢がある

## ―春―

# 春は　ぼんやりと

春は　ぼんやりとした様子でやってきて
ぼんやりと毎日を送っているから
もっと急いでとか
もっと自信をもってとか
もっとしっかりしろとか言われるが
みんなから嫌われているわけではない

のんびりした意見を言うから

おかげでみんなの気分が和むところもある
そして穏やかな気持ちに
同調する人も少なくない

とはいうものの
反発する人もいるし
いろいろ言っても
その性格が直るわけでもないので
中には悪く言う人もいる

それでも　こういう性分だからという言い訳で
納得してしまう人のほうが多い
春はぼんやり　のんびりしているから
春なのだと納得してしまう人のほうが多い

# ミモザの日

三月八日を
イタリアでは　ミモザの日といって
男性が女性に　この花を贈るそうだ

私の庭の
ミモザの花が　満開で
家の内外
黄色い光を　満たしている

雨に濡れて　重く垂れ
風に吹かれて　揺れながら
咲き続ける
誰かにこの花を　贈りたくても

贈るあてはない

せっかくだから
本に挟んで
押し花とするか
たぶん
本が喜ぶだろう

# 春は消しゴムのように

春は
消しゴムのように
冬を消しながら
やってくる

空の青さが
あいまいに薄められ
遠くの　雪の山の
雪も　山も
いつの間にか　姿を見せなくなって
雲も　だんだん
ぼやけて見えるようになると

## ― 春 ―

消しゴムで
消された　字の上に
ていねいに
色鉛筆で　書いた字のように
ちょっとはにかみながら
春が　始まる

# 春は　ぼん　ぼん　ぼんやりと

吹き寄せる
風が
柔らかく
暖かく
なるにつれて

遠くに　見える
富士山と
それを取り囲む　山々が
低いほうからだんだんと
白さを　失い
その姿も　だんだんと　ぼやけていく

春は
ぼん　ぼん
ぼんやりと
あいまいに
やってくる

# 春の突風

春の突風は
不純に
不気味に
人の心を駆け抜ける

桜の花はほとんど散ってしまった
桜の木の下はゴミだらけ
花びらだってゴミになっている

空はほんの少しの青
どっさりと雲
それも黒　白　ねずみ色と
入り乱れて

すぐにその姿を変えている
いよいよ本格的な春が来る
どんな春になるか
多少の不安はあるが
わからないから面白い
波乱含みの春がやってくる

# 入学式を終えて

丘の上にある高校の
入学式が終わって
新入生たちが
お母さんと
時にはお父さんと
また時には両親とともに
坂道を下ってくる

ちょっと晴れがましく
ちょっと嬉しい
気持ちを抑えるように
並んで歩いている親と
言葉を交わしているが

親だって
ちょっと嬉しい気持ちで
いっぱいのようだ

入学式だというのに
みんなリュックをしょって
授業のある日と変わらないような
姿で歩いているが
この姿が三年は続くはずだ
これから坂道を
上ったり下ったりしながら
三年を過ごすはずだ

そのあとのことも　もう考え始めているのかもしれない
さらに上の学校に進学するか　そのまま就職するか
そしてさらに　そのあとのことも考えているかもしれない

そのあとの後のことさえ君たちの頭なりに
考えているのかもしれない
高校生活はまだ　人生の前半戦だ
まだまだこれから
出発　再出発　再々出発
挑戦　再挑戦　再々挑戦が続く……

どんな道をたどろうと計画し
また実際にたどろうと
その最初の日には
今日と同じように
ちょっと晴れがましく
ちょっと嬉しい気分でいてほしい
今日の気分を
覚えていてほしい

# 藤の花

丘を上ってゆく
バスの窓から
道路を見下ろしている
崖の上の藤の花が見えた

宅地造成の手が
とうとう届かないままに残った
崖はコンクリートで固められてはいるが

その隙間をついて
まだ少しは残っている
樹木とお互いに
励ましあうように

藤の花が咲いている

コンクリートの崖の
上のほうを一面に覆っている
藤の花は
雨に打たれ
風に吹かれ
少しその色が
薄れているかもしれないが

崖の上で
誰の世話を受けることもなく
咲き続け
坂道を
上り下りする
人と車に

自分が咲いていることを
知らせ続けている

— 春 —

# 五月の風を

窓を開けよう
家の中を
五月の風が通り抜けていくよう
窓を開けよう

若葉の中を通り抜けてきた
風が
鳥の声を
家の中まで運んでくる

今年の新しい
命の芽生えに触れた
風のおかげで

家の中は明るくなる

若いということは
世慣れていないということであり
いたずら心があるということでもあり
風が通り抜けるということは
そのいたずらで
書類が飛んだり
手紙が散らばったり
混乱に加えて
思いがけない
埃がたったりもする
それも明るくなる――
ということの一面だろうか

毎年　毎年

新しい年の風を感じてきた
明るく　力強い日々がやってくることを願いながら
今年こそはと思いながら……
その今年も
いいことばかりではなさそうだが
家の中に風を通そう
そして新しい年の便りを受け取ろう

# 傘

雨降りの中
街に出かけようと
黒い　大きな
傘を選んだ

ある人と
待ち合わせて
突然の雨に出遭い
約束の時間に遅れないようにと
慌てて買った傘だ

その人とは別れてしまったが
傘の重みを分け合った

記憶は残る

一人ではもったいない
傘の大きさと重さとを
支えながら歩く
雨は間断なく降り注ぎ
大きな傘が　ますます重くなる
過去よりも
現在の
雨の激しさが
足取りを邪魔する

雨の中　傘をさして
歩く
大きな傘も
役に立たないほどの激しい降り方だ

それでも
そんな雨の中を
街を目指して
歩く

## ― 夏 ―

### 夏の坂道

坂道を登ってくる
日焼けした顔が
暑いねぇと言いながら
近づいてくる

うん　暑いねぇと
こたえて
久しぶりにあったのに

― 夏 ―

立ち話もせずに
そのまま坂道を下る

子どものころに
一緒に坂道を下り
学校に向かい
坂道を上って
家に帰った
友人のことだ

無事にすれ違っただけで
よしとしよう
そんなことを考えながら
さらに坂道を下る
下るほうが楽だとはいうものの
もう汗びっしょりになっている

# オリーブ

猫の額のようなというのが適切な
我が家の庭の南側に
オリーブの木を植えて
七年たった

なんでこんなところに植えたんだ――
などと文句も言わずに幹を伸ばし
枝を張り　葉を茂らせて
とうとう花を咲かせ
そして実を付けた

地面に落ちたオリーブの実を拾う
まだ青いのや　熟しているの

お構いなしに落ちている実を
拾ってポケットに入れる
そして上を向く
オリーブの木の枝には
まだまだ実がなっている
まだまだ青い実
すでに熟している実
それが風に揺られている

# 坂道の主人公

七月十三日（月）晴れ、台風の影響だろうか風が強い。七十歳の誕生日を迎える。めでたいのだかめでたくないのか、わからない気持ちである。檀家巡りの途中らしいお坊さんを二人も見かける。草履で坂道を上り下りするのは大変だろうと内心同情する。

坂の上り口にある
家の庭の
サルスベリが
今年もピンクの
花を咲かせはじめた

坂道を彩ってきた
アジサイの花の

薄い色も褪せ
タイサンボクの
大きな白い花も
盛りを過ぎたようだ

あと　この時季に
ライバルになりそうなのは
夾竹桃と
木槿だが
この坂道にはその姿はなく
しばらくは
サルスベリが
坂道の主人公と
なりそうだ

そんなことを考えながら

― 夏 ―

坂道を上っていくと
たくさんの実をつけた
夏ミカンの木に出会った

花よりも
実のほうが
大事だというのも
一理あるなと思いながら
さらに坂道を上る

むかしから
あまり変わらない
家々の並んだ坂道を
季節の変わり目を告げる
風が吹き抜けている

# サルスベリ

サルが本当に滑り落ちても
不思議には思わないほどツルツルした幹と
百日紅という漢字が似合う
紅い花　白い花もあるが……
その対照を楽しみながら
夏の坂道を上り下りしていた

サルスベリの花が
咲いていた庭の
持ち主が変わって
木も切り倒されてしまった
目印がなくなって
坂道を歩く足取りも重くなる

毎年
花を揺らしていった
風も　戸惑いながら
坂道を吹き抜けて
いるようだ

## 晩夏

汗ばみながら
上り下りする
坂道に
わずかに残された
手つかずの　斜面の
木々に止まっている
蝉の声を聞く

同じ斜面の
草むらでは
日が暮れると
鈴虫やマツムシが
鳴きはじめる

木の上の声と
木の下の声とが
合唱を始める

やがてセミは
鳴き疲れて
草むらの中に
落ちてゆく
それからどうなるか
その後の運命は
あまり誰も気にかけない
マツムシや鈴虫だって
その点は同じで
声が聞こえなくなっても
誰も気にかけない

彼らの運命は
悲劇だの喜劇だのと名づけることのできない
自然の成り行き
しかし　彼らの運命が展開されている
都会の道路わきのわずかな斜面が
なくなってしまったら
身近にある自然のほんのわずかなかけらも
なくなってしまったら
それは悲劇といえるだろう
虫たちの命の繰り返しを
見守るという我々の
人間らしいまなざしも
失われることになるだろう

## ―秋―

### 秋霖

秋霖は
夏を終わらせる雨
それが九月のうちに降りやまずに
一〇月になっても降り続けている

夏の名残の暑さに
悪い汗をかいたのが後を引いて
なぜか体調が戻らないまま
禁酒を続けて二週間が過ぎた

昼酒でも飲んで気を紛らわしたいと思いながら
しばらく酒はやめなさいという医者の声も耳に残る
降り続く雨と
酒が飲みたい酒飲みの
根競べが続く

秋霖の期間は長くなっていると
気象学者は言っているらしい
いくら長くなっても
必ず終わりはあるはずだ

早くすっきりとした
秋の酒を飲みたいものだ
それまでに体調を戻すために
まだどれだけの我慢がいるのだろうか
降り続く雨を眺める……

## どんぐりの運命

どんぐりには　どんぐりの
都合があり
子どもには　子どもの
都合があって
林の中の木の枝から
どんぐりが落ちて
地面に転がっているのが
どんぐりの都合
子どもたちが林の中を歩きながら
どんぐりを探しては
拾い集めるのは
子どもたちの都合

動きを止め　息を凝らして
地面の上に転がっている
どんぐりを
これは　いいどんぐり
これは　悪いどんぐり
などと
子どもたちが拾っていく
拾ったかと思うと捨て
捨てたかと思うと拾う

これは　ねえちゃんの
これは　のこちゃんのと
拾ったどんぐりを
ゆずりあったり
おしつけあったり
ときどきは

とてもきれいな　どんぐりを
みつけて　とりあいになったり

どんぐりには　どんぐりの
人間よりも　古い　昔からの
根を張り　幹を伸ばし　枝を広げるための
自分たちの都合があり
人間には
縄文時代からの　あるいはもっと古い時代からの
命の芽生えや　広がりへの興味と　夢がある

どんぐりが
子どものポケットに
収まるのも一時の運
この際　運を天に任せて
しばらくは　落ち着いておくれ

そして子どもたちのポケットの中で
どんぐりは　どんぐりの　夢を見て
子どもたちの　夢に　付き合っておくれよ

# 都会のドングリ

崖の上のミズナラの木から
落ちてきたドングリが
アスファルトの
舗道の上に転がっている

これでは根を下ろすことも
芽を出すことも
できやしない

転がっているドングリを
全部拾って
どこか土の上に
まいてやりたいけれども

ドングリの数は多く
土の地面は限られている

それでも拾えるだけは拾って
土が出ている場所を見つけては
まき散らす

ドングリへの
親切心なんかではない
だいたいが灰色の
無機的な建物の並ぶ
都会の中で
もう少し緑が増えると
いいなあと
思っているだけだ

# 霜柱

街路樹の根元に
少しだけ
顔をのぞかせた土に
霜柱を見つけた

子どものころ
霜柱を踏みながら小学校に出かけ
霜が解けた泥の道を
家へと戻ったものだが……

集団登校の子どもたちは急ぎ足で
舗装された冷たい道を歩いている
でも　気付いてほしいものだ

歩道と街路樹と信号と
町の人々のほかに
土だって君たちを支えていることを

# 冬に備える

今日は晴れて
暖かかった
だからと言って
油断してはならない
冬は近づいている

来年のカレンダー
来年の日記帳
来年の予定
七〇歳を超えても
今を忘れて
将来のことを考えると
結構夢が膨らむ

忘年会の準備で
走り回っている人を見かける
年賀状の印刷を
頼む人たちもいる
商店街では
クリスマスと正月の大売り出しの準備をしている
膨らんだ夢が
現実に溶け込みそうな気分になる

だが人込みを離れると
風は確実に冷たくなってきている
クリスマスも正月も冬の一部には違いないが
冬にはいろいろな部分がある
寒さに震えるのも冬
凍った道で転ぶのも冬

冬には冬の支出があり
消費者の一人としては
浮かれてばかりもいられない
去年着た冬服をまた
引っ張り出す
流行など構うものか

出席するような忘年会はほとんどないし
年賀状の数もだいぶ減った
身軽な体のはずだが
寒風は身に染みる
まず目の前に迫った
冬に備えよう
そして用心深く
用心深く
もっと先のことを考えよう

# — 冬 —

## 雪の日

雪が降り
その後　雨に変わって
屋根の上に残っていた雪も
夕方には姿を消した
それでも
北風が
隙を見つけては
襲い掛かってくるのに
うろたえてしまう

若いころに
雪国で暮らしたことがある
あのころは
いやいやではあったけれども
屋根に上って雪下ろしをしたりもした
作業が終わるころには
汗をかくほど体が温まっていた

少し年をとってから
日本よりもっとずっと北の国の
冬を旅したことがある
一日のほとんどが暗闇の中で
凍り付いた道路の上を歩く毎日だったが
外国で暮らす楽しさで
寒さは気にならなかった

## ― 冬 ―

暖かいはずの都会で
暖かいはずの冬に
襲ってきた雪と寒さに
戸惑っている
もっと厳しい寒さを
経験したことを忘れて
溶けかかった雪を眺めながら
放心している
これも
年をとったことの表れだろうかと
自問自答しながら

# スカイツリー

東京に向かう高架電車の窓から
スカイツリーが見える
東京から去っていく電車の窓からも
スカイツリーが見える

こちらの窓からは
スカイツリーが見え
あちらの窓からは
白く雪をかぶった富士山が見える

乾いた冷たい風の中を
電車は走る
その中で着ぶくれした乗客が

押し合いへし合いしている

もっと冷たい風の中
すっくと立っている
遠くの姿が
押し合いへし合いの日常から
我々を連れ出す

昔なじみの風景と
新しい風景とが
大きな夢への
合図を送ってくる

— 冬 —

# 去年の雪

去年の雪はどこへ行った
雪の便りがしきりに聞かれるようになると
なぜか昔のフランスの
泥棒詩人の詩を思い出す

寒さに震えながら
さらに過酷な冬の嵐を予感していたのか
わずかな日の暖かさに心和む思い出に浸っていたのか

泥棒詩人は去年の雪を
もっと昔の雪と　美女たちに
重ね合わせた

―冬―

雪国の職場で一緒だった
仲間の訃報を聞いて
なぜかヴィヨンの詩の一行を思い出した

毎年　毎年
雪が降って消えてゆく
人は　生き　そして死んでゆく
一行にまとめるのは
難しく
何度も繰り返される
一行にまとめるのは
もっと難しい

去年の雪はどこへ行ったのだろうか

# 風の強い日

風向きが変わって
面白くないことが
面白くなるかもしれない
と　自分に言い聞かせながら
黙って歩く
風の強い日

若い頃は
世の中がいい方向に変わるという
希望にあふれていたから
北風の吹き下ろす
橋を渡りながら
それが未来の希望に続く橋だと

しいて思い込もうとしていた

冷たい風は
いつまでも冷たく
強く吹かないほうがよい
世の中が
どう変わるかは
若い頃に思っていたようにはいかず
依然としてつかみがたく
悪いほうに変わることも
あるかもしれない

ビルを通り抜けてくる
都会の複雑な風の中
季節が変わることを待ち望みながら
歩き続ける

—冬—

# つらら

どこで手に入れたのだろうか
バットくらいもありそうな
大きなつららを手に
喜び勇んで
小学生の一団が駆けてゆく

いくら大事に持っていても
いつかは溶けてしまうはずなのに
いつまでも自分たちのもののように
嬉しそうに叫びながら
駆けてゆく

ぼくが子どものころ

こんな大きなつららを見たことはなかった
北の国で暮らして
大きなつららを持って走る
子どもたちを見るなんて　思ってもみなかった
今　つららをもって
駆けている子どもたちは
どんな大人になるのだろうか
自分たちが思っていることと
実際にそうなることとは
食い違うものだが
大人になって　子どものころ
つららをもって走り回ったことを
覚えているだろうか

# 引き出しの隅に

引き出しの隅に
雪国で暮らしていたころに買った
セーターを見つけた
機械編みのインディゴ色のセーターだ

店の人は
フランスの海軍の水兵が着ているセーターだと言った
水兵たちは素肌の上にこのセーターを着ているという
アラン・ドロンがそうやってこのセーターを着ている
映画がありましたねえと言った

アラン・ドロンが気になって買ったわけではない
フランスの二枚目とは似ても似つかぬ日本人なので

— 冬 —

セーターを水兵のようには着なかった
それでも着ていると話のタネにはなった
雪国での冬をこのセーターを着て過ごしていた

雪国から離れて
乾いた空気の都会に住むようになり
この冬も　このセーターを着ずに過ごした
それでも
引き出しの片隅のセーターを見ては
このセーターを着て過ごした日々のことを思い出す

―旅―

## 森林公園行きの電車に乗った

森林公園行きの電車に乗った
この電車に出発駅から終点まで
乗り続ける乗客はたぶんいないだろう
運転士さんでさえ　途中で交代するかもしれない

終点を目指し走り続ける
愚直さをあざ笑ってはいけない
目的に向かい　時間厳守で
走り続けることを　軽く見てはいけない

―　旅　―

われわれ乗客は
途中で乗車し　下車し　乗り換え　乗り継ぎ
せわしなく集まり　散り
あわただしく職場に向かい
学校に向かい　遊びに出かけ
病院に通い　家に帰る

一度くらいはのんびりと
目的も持たず　時間にも縛られず
出発駅から終点駅まで
電車に乗り続ける
小さな旅をしてみたいものだ
目的のない　時間も気にしない
いい加減さを電車に笑われてもいいから
機械よりもおっとりと生きる
人間の生き方を試してみたいものだ

# 夜行列車の窓から

冬の雨に閉じ込められて
ベッドの上で
あれこれの
思いにふける

寝心地はよくなかったが
前途への期待で
胸が弾んでいた
夜行列車の旅を
思い出す

寝台車のカーテンを
少し開けて

— 旅 —

窓の外を
覗いてみると

列車が停車している駅の
まだ灯をともしたプラットホームに
まばらな影を　落としながら
歩いている人たちが
見える

時計の針が
重なり合って
お休み――という
ほんの少し前の
時間の駅

どのあたりまで目を覚ましていたのか
どこで目を覚ましたのか
そのあとのことは覚えていない
駅がどこだったかも定かではない
覚えているのは
駅が不思議に
明るかったことだ

なかなか寝付けないまま
ベッドの上で
雨音を聞きながら
寝台車の窓から眺めた
駅の情景を思い出している

# 詩を書いていた老人

昔暮らしていた
外国の町でのことだ

坂道を上ったところに
雑貨屋があり
店を仕切っていた老人は
暇を見ては手帳に
謎めいた美しい文字の列を
書き連ねていた
時々短い行があったので
多分詩を書いているのだろうと
勝手に思っていた

老人はムスリムらしかったが
誰にでも親切だった
アフリカ人の女性が
母国に電話をかけるのを手伝い
シーク教徒の老人に
敬意をもって接していた
そして私がコピー機を使うのを
黙って見守ってくれた

店にはいろいろな人々が訪れ
様々な言葉や用事を持ち込み
いろいろな買い物をしていた
その中で老人は
詩を書き続け
人々に親切にし続けた
そうして

詩を書くことが
どんな生き方とつながるかを
教えてくれた
私も
そんな風に老いていきたいものだ

# エディンバラ小景

七つの丘の斜面に
石で建てた家が並び
石畳の坂道が続く

冬の海を逃れて飛んできた
カモメたちが十字路で
ハトを追い散らしているのに気づき
上がってきた坂道を振り向くと
遠くでもないのに海がかすんで見えます

坂道を上り詰めると
お城が見えます
美しい女王が住んでいたはずなのに

大砲が並ぶ武骨で愛想のない城です

うっすらとした青空を
もっとはっきりした青に染め直そうとしてか
聖アンドルーの旗が強い風にはためいて
古いスコットランドの歌を歌いまくっているようです

## ―おとぎ話―

### 河童

河童を見つけ出すだって？
よしなさいよ！
人間たちに追い詰められて
ひっそりと暮らしている
河童たちを追いかけるのは
勝手すぎる行為だ

今は大都会の一角の

取り澄ましたつくろいのこの町にも
昔は河童が住んでいた
ずっとずっと昔のこと
雑木林が広がり
小川が流れていた昔

丘の泉から
水が滝のようにあふれ出し
ところどころ深い淵を作っていた
それが河童たちの住処
河童たちは時々人間たちに
ちょっかいを出しながらも
自分たちの世界で
平和に暮らしていた

河童の伝説は

ぼくの子ども時代にも残っていた

大人になった僕が歩いている
舗装の行き届いた広い道路は
昔は狭い泥んこ道で
今は暗渠になってしまったが
汚いなりに小川が流れていた
小川にまつわる昔話を
覚えている人たちがいた

小川がなくなったものだから
大雨が降ると
たちまち道路に水があふれる
舗装道路のコンクリートが
地上と地下とを隔てている
地中深く

生き残っているかもしれない河童たちは
地上の水を呼び寄せることができない

遠くまで河童を探しに出かける必要はない
君の足元深く
地下水の中に
まだ河童たちが暮らしている
でも彼らは君と君たちに
腹を立てているから
決して会おうとはしないだろう

# 黒雲の言い分

いかにもおれたちは
青空が舞台の
この芝居では
悪役で
風という
演出家の
言うがままの
三文役者だ

大根役者と
ののしられても
早く消えてしまえと
やじられても

それはそういう役柄だから
仕方のないことだ

地上を歩く人々は
空を見上げて
日の光が遮られ
あたりが暗くなって
雨の気配がするのを
いやがる
あわただしく町を行き交う
彼らの足取りが
妨げられることを
嫌う

だがね
おれたちには雨を降らせ

地上に水を行き渡らせるという
仕事がある
もし　水が多くなりすぎて
洪水になったとしても
それは演出家の責任
おれたちの演技が下手だったせいではない

おれたちは空に浮かび
通り過ぎ
そして消えてゆく
誰が
おれたちの消えてゆく姿を
記憶してくれるのかを
気にかけながら

# 寄席坂

六本木に
寄席坂という
坂がある

大正三年まで
ここに
寄席があったと
標識が知らせている

大正三年は
もう三十三回忌が済んだ
私の親父の
生まれる一年前だ

どんな噺家が
客を笑わせ
どんな芸人が
客を驚かせ
楽しませていたか

関東大震災も
東京大空襲も
この坂の名前を消すことはできなかった
寄席の記憶
笑いと芸の記憶を
消すことはできなかった

坂を通り
その名に惹かれる人がいる限り

この記憶は消えない
想像の中で
笑いが　芸が
よみがえり生き続ける

# 神様たちの会議

毎年毎年
十一月に
出雲に集まっている
神様たちには　時間なんて
関係ないはずだが
時節の変化とかいうものが
紛れ込むようになってきているらしい

元日から大みそかまで
神頼みには逞しく
信心のほどは疑わしい
参拝客たちに向き合い

何よりも人々の数が減って
縁結びの仕事が
だんだんと難しくなり
外国の神様と付き合うことも
考える必要がありそうだ
神様も外国語を習って
国際交流を心掛けるべきときらしい

森の木々が切り倒され
川岸がセメントで固められている
人々と神様の
心のふるさとが傷つけられて
日本の隅々から
声をあげたくても
あげられない神様たちの
重い沈黙が会議を支配している

# 旧約の昔

旧約の昔
サムソンという非常に力の強い男がいて
彼はヘブライ人たちのリーダーだった
ヘブライ人たちはペリシテ人たちに支配されていて
ペリシテ人たちはヘブライ人たちが武器を持つのを禁じていた

そこでサムソンはロバのあごの骨を使って
ペリシテ人たちに立ち向かい
無双の怪力で
彼らを苦しめた

サムソンにはデリラという恋人がいて
ペリシテ人たちは彼女を買収し

サムソンの強さの秘密を探り出すと
彼を捕まえて失明させた

光を失ったサムソンが
さまよったのがガザの地であり
そのガザという地名は今でも残っていて
今は死に絶えてしまったペリシテ人たちに由来する
パレスチナの土地で
ヘブライ人の子孫を自称するイスラエル人たちが
パレスチナ人たちから土地を奪い　素手の彼らを虐げている
歴史は繰り返しているのか
繰り返していないのか

# 歩みは遅いが

光は駆け抜け
風は吹き去り
あっという間の出来事を
捉えることができないまま
言葉はのろのろと
自分の居場所を探し回る

もっと輝かしい存在であろうとし
もっと時代に即した生き方はないかと迷い
言葉はあちこちをさ迷い歩いている
私が拾い集めたのは
そうした言葉のごくわずかな足跡だけだ

わずかであっても
心豊かに過ごせるのは
多分
孤独は言葉に追いつくことができないからであろう
言葉は足跡を残すが
孤独は自分の姿を現すことさえできない

# あとがき

あと一年足らずで八十歳になろうとしている老人が『ここから　はじまる』などという表題の書物を出すのはおかしいと思われる方も少なくないのではないかと思う。それでも、私にとってはこれが最初の詩集であり、ここから自分の表現活動を様々な方向に展開していきたいという気持ちがあるので、あえてこの題名を選んだ。

詩を書くことだけが私の人生ではない、もっと他に世に問うべきものを積み重ねてきたはずではないかと言われれば、それはその通りかもしれないが、詩を書くことが人生の中で特別の意味を持ってきたことも否定できない。

この詩集の中でも繰り返し主張していることだが、詩は出発にふさわしい表現の形式である。詩を書くことから文学活動を始めた文学者は少なくないし、もっと大上段に構えて言えば、ソクラテス以前のギリシアの哲学者の多くは、自分の思想を詩の形で記していた。生きることと、考えることと、詩を書くことは、それぞれの根っこのところで固く結びついているのではないだろうかという気持ちが詩集の出発点となっている。

人間の経験はそれぞれが個性的であるとともに、他人の経験とどこかで重なり合い、交流しあっているものである。

中学の一年生の時のことであったか、二年生の時のことであったか、はっきりとは覚えていないが、国語の教科書で金子光晴の「かっこう」という詩に出合った。中年、あるいはもっと年を取った詩人が過去を振り返ったこの詩は、金子の作品の中では例外的に「きれいな」詩であり、その後、金子のもっと別の、どろどろとした詩を知るようになり、それが彼の人生を投影したものであることも知るようになった。が、それは後のことである。青年期の入り口に差しかかったばかりの若造が金子の人生遍歴をどの程度理解できたかは疑問ではあるが、とにかくこの詩に感動し、自分も詩を書いていこうと思った。俳句や川柳、短歌ではなく、現代詩に取り組もうと思ったのである。そして、金子とその作品（詩以外の創作や絵画を含めて）に対する関心と敬意は現在まで残っていて、彼の全集は持っているし、文庫本になったものなど、著書の大半は所持している（つもりである）。一時期、ジャワの影絵芝居であるワヤンに興味を抱いたことがあったが、金子もまたワヤンについて語った一人であったし、ワヤンの熱心な研究・紹介者の一人であった松本亮が金子の門下であったというのも面白い結びつきだったと思う。

高校時代になると、文学だけでなく社会的な関心も手伝って（中学校三年生の時に六〇年安保闘争の報道に聞き入った）、中野重治の「歌」という詩に心惹かれるところがあった。のち、大学に進学した時に、詩と社会の変革を目指して詩人会議に加入したのはその延長線上のことであったが、その中の集まりでこの詩をめぐって議論したことを覚えている。花のような題材を切り捨てようとするのは、詩の表現を狭めるものではないかという問題提起に対し、中野が否定しているのは「花」、一般ではなくて、彼の中にある郷愁と結びついたトンボや赤ままの花であるという議論を展開した。取り上げられているのは、バラとかユリとかいう花ではない、彼の過去へのこだわりと結びついた「花」なのである。花は人間の経験や生活態度によって、どのようにも評価され、表現されうる。中野は花を詩にすることを否定しているわけではない（というよりも、やはり花を主題として取り上げているのである）と反論したことを思い出す。

のちに中野の郷里に近い福井県のある市の郊外に住んだ時期があって、「歌」にうたわれているとんぼや赤ままの花が、この地方のごく一般的な風物であることを知り、意を強くした記憶がある。さらにのちになって、前衛生け花運動の闘士であった中川幸夫がこの詩を愛していたことを知って、ますます心強く思うようになった。

どのような花を題材として選び、どのように歌い上げるかというのは、それぞれの表現者の個性が自由に発揮されるべき場面であって、伝統的な主題を取り上げた紋切型の美辞麗句を追認することではないのである。

詩との付き合いについて書いたが、大学に進学した頃には、劇作家になろうという気持ちが強かった。対話形式で試作し、表現していくということに魅力を感じたのである。今、考えてみると、本当の意味での対話というのは容易には成立しがたいものである。ソクラテスが対話によって若者の知性を啓発しようとしたことは有名な話であるが、例えば『国家』の中のソクラテスとトラシュマコスのやり取りを読めば、それが生易しい作業でなかったことがわかる。師の運命を目の当たりにしていたプラトンには対話成立の困難さが痛いほどわかっていたのである。

現実の世界では、発言者の社会的な地位や威信、果ては声の大きさのようなものが、議論の中で展開される論理よりも効力があるという例は少なくない。自説に固執し、相手を論駁することだけに意を用いる人間は少なくないのである。今、考えると読書の結果よりも、日常の会話を通じてこの結論に達していなければならなかったのだと後悔する気持ちがある。

劇作を志したことを含めて、現代詩一辺倒というわけではなかった。高校時代には、友人におだてられて小説らしきものを書いたこともあったし、俳句や短歌から全く遠ざかっていたわけではない。今でも時々は作っているし、新聞に川柳を投稿して掲載されたこともある。つまり、『歌の別れ』という劇的な場面は訪れなかった。とはいうものの、長期計画を立てて目標に向かって前進するということが苦手なこともあって、次第にそんなことも忘れるようになった。

文学をめぐる関心よりも社会に対する関心、それ以上に社会変革の理論についての関心が強くなったというと、きれいごとになってしまうが、詩人会議に加わったということも含めて、社会の改革のために行動するということが主な関心事となっていった。それでも詩を書くということは忘れなかったということである。

詩人会議の頂点にいたのは壺井繁治で、何度かその謦咳に接し、また彼の思想と行動の遍歴をたどり、さらに壺井と金子光晴の対談を読んだりして得るところは少なくなかったが、すべてのことに納得したわけではない。中野重治は政治的にも文学的にも壺井とは違った路線を歩んでいたし、そういう路線の隔たりの根は深いということに気づき始めていた。

そのころ、京都では溝口健二の映画の脚本を書いたことで知られる依田義賢が主宰する『骨』という詩誌があったが、なぜか敬遠していた。今になってみると後悔されることである。少なからぬ詩人が映画や推理小説に関心を寄せているという怪しげな情報に唆されて、かなり意図的に映画を見るようになったりした。

社会的な関心の行方が迷走し、社会の改革の方向、さらには自分の進むべき方向も見えなくなった。詩人会議からも、政治運動からも離れるようになった。

今はなくなってしまった二条の三月書房で『凶区』を見つけてその多角的・多面的な表現と世界像とに惹き付けられたが、詩よりも、映画批評のほうを一生懸命読んだりした時期もある。もっともこの雑誌の中でも対立や混乱があったようで、長くは続かなかったのは残念なことである。さらに映画批評を書くことに熱中した時期もあった。

就職してから、環境の変化に伴って、映画と映画批評から遠ざかることになり、その一方で間歇的に詩を書くようになった。それほど自由に映画を見たり、乱読に身をゆだねたりすることができなくなったことも手伝っているようである。もっとも詩を書き、推敲するだけの時間的な余裕には恵まれなかった。

何か所か職場を転々とする中で、詩集を公刊している同僚にも出会ったが、自分が詩を書いていることを公にするというだけの自信は持てなかった。それに創作活動そのものが極めて細々としたものであった、日記か日記に類する記録をきちんと整理・保存していないから、書き散らしただけになったことが多く、この詩集に収めたものの大半は、退職が近くなってから、あるいは退職後の作品である。

二〇一二年十一月から二〇二〇年五月まで続けていたブログ『たんめん老人のたんたん日記』(tangmianlaoren. blog. fc2. com)で、それまで書き溜めていた作品、新たに書き下ろした作品を発表し、読者の方々と交流したことがさらなる励みとなった。

いろいろ書き散らかしてきたが、実際に自分が書いた詩を振り返ってみると、花の詩があるかと思うと、食べ物の詩があり、日常の経験がヒントになっているものもあり、旅の経験を反映したものもある。大体が自分の好きなもの、好きなことを取り上げたものであるが、好きな物事であっても詩にできなかったものも少なくない。また、この詩集に載せることを見合わせた作品も少なくない。それらの作品も日の目を見る機会があるかもしれないし、埋もれたままになってしまうかもしれない。

とにかく、これは私にとっての出発点である。「ここから　はじまる」である。さらなる前進を目指して進んでいくつもりであるが、もしこの詩集を読まれて、その前進を後押ししたいと考える方がいらっしゃれば、書き手としてこれ以上の喜びはない。

最後に、出版にあたってお世話をいただいた、文芸社の方々に謝意を述べさせていただく。

二〇二四年八月

著者プロフィール

佐々木 たけし（ささき たけし）

1945年7月13日生まれ

神奈川県出身

大学院博士課程単位取得満期退学後、教職、研究職を経て、

現在は年金生活



ここから はじまる ―詩集―

2025年1月15日　初版第1刷発行

著　者　佐々木 たけし

発行者　瓜谷 綱延

発行所　株式会社文芸社

〒160-0022　東京都新宿区新宿1－10－1

電話　03-5369-3060（代表）

03-5369-2299（販売）

印刷所　TOPPANクロレ株式会社





ISBN978-4-286-25935-2